野草

鲁迅 著

赵延年 插图本

人民文学出版社

图书在版编目（CIP）数据

　　野草：赵延年插图本／鲁迅著；赵延年版画. —— 北京 ： 人民文学出版社，2025. —— ISBN 978-7-02-019333-2

　　Ⅰ．I210.5

中国国家版本馆CIP数据核字第2025VM5438号

责任编辑　杜　丽
装帧设计　陶　雷
责任印制　王重艺

出版发行　人民文学出版社
社　　址　北京市朝内大街166号
邮政编码　100705

印　　刷　三河市宏盛印务有限公司
经　　销　全国新华书店等

字　　数　47千字
开　　本　880毫米×1230毫米　1/32
印　　张　3.75　插页2
印　　数　1—5000
版　　次　2025年5月北京第1版
印　　次　2025年5月第1次印刷

书　　号　978-7-02-019333-2
定　　价　26.00元

本书收作者1924年至1926年所作散文诗二十三篇。1927年7月由北京北新书局初版，列为作者所编的《乌合丛书》之一。作者生前共印行十二版次。

目　录

题辞 ……………………………………………… 1

秋夜 ……………………………………………… 7

影的告别 ………………………………………… 11

求乞者 …………………………………………… 14

我的失恋 ………………………………………… 17

复仇 ……………………………………………… 20

复仇(其二) ……………………………………… 24

希望 ……………………………………………… 29

雪 ………………………………………………… 34

风筝 ……………………………………………… 38

好的故事 ………………………………………… 43

过客 ……………………………………………… 47

死火 ···································· 59

狗的驳诘 ····························· 63

失掉的好地狱 ······················· 66

墓碣文 ······························· 70

颓败线的颤动 ······················· 72

立论 ································· 78

死后 ································· 83

这样的战士 ·························· 89

聪明人和傻子和奴才 ················ 93

腊叶 ······························· 104

淡淡的血痕中 ······················ 106

一觉 ······························· 109

题　辞[1]

当我沉默着的时候，我觉得充实；我将开口，同时感到空虚。[2]

过去的生命已经死亡。我对于这死亡有大欢喜[3]，因为我借此知道它曾经存活。死亡的生命已经朽腐。我对于这朽腐有大欢喜，因为我借此知道它还非空虚。

生命的泥委弃在地面上，不生乔木，只生野草，这是我的罪过。

野草，根本不深，花叶不美，然而吸取露，吸取水，吸取陈死人[4]的血和肉，各各夺取它的生存。当生存时，还是将遭践踏，将遭删刈，直至于死亡而朽腐。

但我坦然，欣然。我将大笑，我将歌唱。

我自爱我的野草，但我憎恶这以野草作装饰的地面[5]。

地火在地下运行，奔突；熔岩一旦喷出，将烧尽一切野草，以及乔木，于是并且无可朽腐。

但我坦然，欣然。我将大笑，我将歌唱。

天地有如此静穆，我不能大笑而且歌唱。天地即不如此静穆，我或者也将不能。我以这一丛野草，在明与暗，生与死，过去与未来之际，献于友与仇，人与兽，爱者与不爱者之前作证。

为我自己，为友与仇，人与兽，爱者与不爱者，我希望这野草的死亡与朽腐，火速到来。要不然，我先就未曾生存，这实在比死亡与朽腐更其不幸。

去罢，野草，连着我的题辞！

一九二七年四月二十六日，鲁迅记于广州之白云楼〔6〕上。

*   *   *

〔1〕 本篇最初发表于1927年7月2日北京《语丝》周刊第一三八期，在本书最初几次印刷时都曾印入；1931年5月上海北新书局印第七版时被国民党书报检查机关抽去，1941年上海鲁迅全集出版社出版《鲁迅三十年集》时才重新收入。

本篇作于广州，当时正值国民党在上海发动"四一二""清党"反共

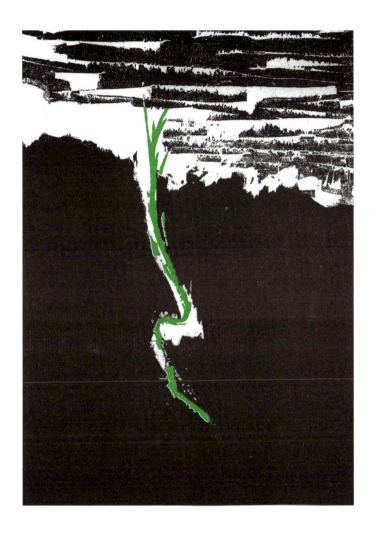

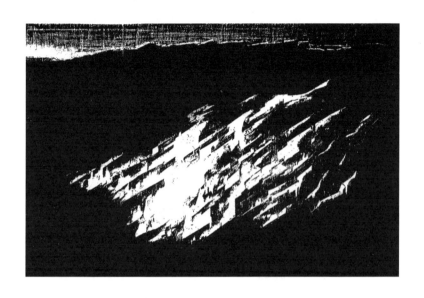

　　地火在地下运行，奔突；熔岩一旦喷出，将烧尽一切野草，以及乔木，于是并且无可朽腐。

政变和广州发生"四一五"大屠杀后不久，它反映了作者在险恶环境下的悲愤心情。

本书所收的二十三篇散文诗，都作于北洋军阀统治下的北京。作者在1932年回忆说："后来《新青年》的团体散掉了，有的高升，有的退隐，有的前进，我又经验了一回同一战阵中的伙伴还是会这么变化，并且落得一个'作家'的头衔，依然在沙漠中走来走去，不过已经逃不出在散漫的刊物上做文字，叫作随便谈谈。有了小感触，就写些短文，夸大点说，就是散文诗，以后印成一本，谓之《野草》。"（《南腔北调集·〈自选集〉自序》）又在1934年10月9日致萧军信中说："我的那一本《野草》，技术并不算坏，但心情太颓唐了，因为那是我碰了许多钉子之后写出来的。"其中某些篇的文字较隐晦，据作者后来解释："因为那时难于直说，所以有时措辞就很含糊了。"（《二心集·〈野草〉英文译本序》）

〔2〕 1927年9月23日，作者在广州作的《怎么写》（后收入《三闲集》）一文中，曾描绘过他的这种心情："我靠了石栏远眺，听得自己的心音，四远还仿佛有无量悲哀，苦恼，零落，死灭，都杂入这寂静中，使它变成药酒，加色，加味，加香。这时，我曾经想要写，但是不能写，无从写。这也就是我所谓'当我沉默着的时候，我觉得充实，我将开口，同时感到空虚'。"

〔3〕 大欢喜 佛家语，指达到目的而感到极度满足的一种境界。

〔4〕 陈死人 指死去很久的人。见《古诗十九首·驱车上东门》："驱车上东门，遥望郭北墓。……下有陈死人，杳杳即长暮。……"

〔5〕 地面　比喻黑暗的旧社会。作者曾说，《野草》中的作品"大半是废弛的地狱边沿的惨白色小花"。(《〈野草〉英文译本序》)

〔6〕 白云楼　在广州东堤白云路。据鲁迅日记，1927年3月29日，作者由中山大学"移居白云路白云楼二十六号二楼"。

秋　夜〔1〕

在我的后园，可以看见墙外有两株树，一株是枣树，还有一株也是枣树。

这上面的夜的天空，奇怪而高，我生平没有见过这样的奇怪而高的天空。他仿佛要离开人间而去，使人们仰面不再看见。然而现在却非常之蓝，闪闪地眲着几十个星星的眼，冷眼。他的口角上现出微笑，似乎自以为大有深意，而将繁霜洒在我的园里的野花草上。

我不知道那些花草真叫什么名字，人们叫他们什么名字。我记得有一种开过极细小的粉红花，现在还开着，但是更极细小了，她在冷的夜气中，瑟缩地做梦，梦见春的到来，梦见秋的到来，梦见瘦的诗人将眼泪擦在她最末的花瓣上，告诉她秋虽然来，冬虽然来，而此后接着还是春，胡蝶乱飞，蜜蜂都唱起春词来了。她于是一笑，虽然颜色冻得红惨惨地，仍然瑟缩着。

枣树，他们简直落尽了叶子。先前，还有一两个孩子来打他们别人打剩的枣子，现在是一个也不剩了，连叶子也落尽了。他知道小粉红花的梦，秋后要有春；他也知道落叶的梦，春后还是秋。他简直落尽叶子，单剩干子，然而脱了当初满树是果实和叶子时候的弧形，欠伸得很舒服。但是，有几枝还低亚着，护定他从打枣的竿梢所得的皮伤，而最直最长的几枝，却已默默地铁似的直刺着奇怪而高的天空，使天空闪闪地鬼䀹眼；直刺着天空中圆满的月亮，使月亮窘得发白。

鬼䀹眼的天空越加非常之蓝，不安了，仿佛想离去人间，避开枣树，只将月亮剩下。然而月亮也暗暗地躲到东边去了。而一无所有的干子，却仍然默默地铁似的直刺着奇怪而高的天空，一意要制他的死命，不管他各式各样地䀹着许多蛊惑的眼睛。

哇的一声，夜游的恶鸟飞过了。

我忽而听到夜半的笑声，吃吃地，似乎不愿意惊动睡着的人，然而四围的空气都应和着笑。夜半，没有别的人，我即刻听出这声音就在我嘴里，我也即刻被这笑声所驱逐，回进自己的房。灯火的带子也即刻被我旋高了。

　　而一无所有的干子，却仍然默默地铁似的直刺着奇怪而高的
天空，……

后窗的玻璃上丁丁地响，还有许多小飞虫乱撞。不多久，几个进来了，许是从窗纸的破孔进来的。他们一进来，又在玻璃的灯罩上撞得丁丁地响。一个从上面撞进去了，他于是遇到火，而且我以为这火是真的。两三个却休息在灯的纸罩上喘气。那罩是昨晚新换的罩，雪白的纸，折出波浪纹的叠痕，一角还画出一枝猩红色的栀子[2]。

猩红的栀子开花时，枣树又要做小粉红花的梦，青葱地弯成弧形了……。我又听到夜半的笑声；我赶紧砍断我的心绪，看那老在白纸罩上的小青虫，头大尾小，向日葵子似的，只有半粒小麦那么大，遍身的颜色苍翠得可爱，可怜。

我打一个呵欠，点起一支纸烟，喷出烟来，对着灯默默地敬奠这些苍翠精致的英雄们。

一九二四年九月十五日。

*　　*　　*

〔1〕 本篇最初发表于1924年12月1日《语丝》周刊第三期。

〔2〕 猩红色的栀子　栀子，一种常绿灌木，夏日开花，一般为白色或淡黄色；红栀子花是罕见的品种。据《广群芳谱》卷三十八引《万花谷》载："蜀孟昶十月宴芳林园，赏红栀子花；其花六出而红，清香如梅。"

影 的 告 别[1]

人睡到不知道时候的时候，就会有影来告别，说出那些
话——

有我所不乐意的在天堂里，我不愿去；有我所不乐意的在
地狱里，我不愿去；有我所不乐意的在你们将来的黄金世界里，
我不愿去。

然而你就是我所不乐意的。

朋友，我不想跟随你了，我不愿住。

我不愿意！

呜乎呜乎，我不愿意，我不如彷徨于无地。

我不过一个影，要别你而沉没在黑暗里了。然而黑暗又会

吞并我，然而光明又会使我消失。

然而我不愿彷徨于明暗之间，我不如在黑暗里沉没。

然而我终于彷徨于明暗之间，我不知道是黄昏还是黎明。我姑且举灰黑的手装作喝干一杯酒，我将在不知道时候的时候独自远行。

呜乎呜乎，倘若黄昏，黑夜自然会来沉没我，否则我要被白天消失，如果现是黎明。

朋友，时候近了。

我将向黑暗里彷徨于无地。

你还想我的赠品。我能献你甚么呢？无已，则仍是黑暗和虚空而已。但是，我愿意只是黑暗，或者会消失于你的白天；我愿意只是虚空，决不占你的心地。

我愿意这样，朋友——

我独自远行，不但没有你，并且再没有别的影在黑暗里。只有我被黑暗沉没，那世界全属于我自己。

一九二四年九月二十四日。

＊　　　＊　　　＊

〔1〕 本篇最初发表于1924年12月8日《语丝》周刊第四期。

　　1925年3月18日作者在给许广平的信中曾说："我的作品，太黑暗了，因为我常觉得惟'黑暗与虚无'乃是'实有'，却偏要向这些作绝望的抗战，所以很多着偏激的声音。其实这或者是年龄和经历的关系，也许未必一定的确的，因为我终于不能证实：惟黑暗与虚无乃是实有。"（《两地书·四》）

求 乞 者[1]

我顺着剥落的高墙走路，踏着松的灰土。另外有几个人，各自走路。微风起来，露在墙头的高树的枝条带着还未干枯的叶子在我头上摇动。

微风起来，四面都是灰土。

一个孩子向我求乞，也穿着夹衣，也不见得悲戚，而拦着磕头，追着哀呼。

我厌恶他的声调，态度。我憎恶他并不悲哀，近于儿戏；我烦厌他这追着哀呼。

我走路。另外有几个人各自走路。微风起来，四面都是灰土。

一个孩子向我求乞，也穿着夹衣，也不见得悲戚，但是哑的，摊开手，装着手势。

我就憎恶他这手势。而且，他或者并不哑，这不过是一种求乞的法子。

　　我不布施，我无布施心，我但居布施者之上，给与烦腻，疑心，憎恶。

　　我顺着倒败的泥墙走路，断砖叠在墙缺口，墙里面没有什么。微风起来，送秋寒穿透我的夹衣；四面都是灰土。

　　我想着我将用什么方法求乞：发声，用怎样声调？装哑，用怎样手势？……

　　另外有几个人各自走路。

　　我将得不到布施，得不到布施心；我将得到自居于布施之上者的烦腻，疑心，憎恶。

　　我将用无所为和沉默求乞……

　　我至少将得到虚无。

　　微风起来，四面都是灰土。另外有几个人各自走路。

　　灰土，灰土，……

　　…………………

　　灰土……

一九二四年九月二十四日。

*　　*　　*

〔1〕 本篇最初发表于1924年12月8日《语丝》周刊第四期。

我 的 失 恋 [1]

—— 拟古的新打油诗 [2]

我的所爱在山腰；

想去寻她山太高，

低头无法泪沾袍。

爱人赠我百蝶巾；

回她什么：猫头鹰。

从此翻脸不理我，

不知何故兮使我心惊。

我的所爱在闹市；

想去寻她人拥挤，

仰头无法泪沾耳。

爱人赠我双燕图；

回她什么：冰糖壶卢[3]。

从此翻脸不理我，

不知何故兮使我胡涂。

我的所爱在河滨；

想去寻她河水深，

歪头无法泪沾襟。

爱人赠我金表索；

回她什么：发汗药。

从此翻脸不理我，

不知何故兮使我神经衰弱。

我的所爱在豪家；

想去寻她兮没有汽车，

摇头无法泪如麻。

爱人赠我玫瑰花；

回她什么：赤练蛇[4]。

从此翻脸不理我，

不知何故兮——由她去罢。

一九二四年十月三日。

*　　*　　*

〔1〕 本篇最初发表于1924年12月8日《语丝》周刊第四期。

作者在《〈野草〉英文译本序》中说："因为讽刺当时盛行的失恋诗，作《我的失恋》"。在《三闲集·我和〈语丝〉的始终》一文中谈到本篇时说："不过是三段打油诗，题作《我的失恋》，是看见当时'阿呀阿唷，我要死了'之类的失恋诗盛行，故意做一首用'由她去罢'收场的东西，开开玩笑的。这诗后来又添了一段，登在《语丝》上"。

〔2〕 拟古的新打油诗　拟古，这里是模拟东汉文学家、天文学家张衡的《四愁诗》的格式。《四愁诗》共四首，每首都以"我所思兮在××"开始，而以"何为怀忧心××"作结，故称"四愁"。最早见于南朝梁昭明太子萧统所编的《文选》第二十九卷。打油诗，传说唐代人张打油所作的诗常用俚语，且故作诙谐，有时暗含嘲讽，被称为打油诗。

〔3〕 冰糖壶卢　用山楂等果品蘸以糖汁制成的一种食品。据清末富察敦崇编著的《燕京岁时记》载："冰糖壶卢，乃用竹签贯以葡萄、山药豆、海棠果、山里红等物，蘸以冰糖，甜脆而凉。"

〔4〕 赤练蛇　一作赤链蛇，生活于山林或草泽地区。头黑色，鳞片边缘暗红色；体背黑褐色，有红色窄横纹。无毒。

复　仇[1]

　　人的皮肤之厚，大概不到半分，鲜红的热血，就循着那后面，在比密密层层地爬在墙壁上的槐蚕[2]更其密的血管里奔流，散出温热。于是各以这温热互相蛊惑，煽动，牵引，拚命地希求偎倚，接吻，拥抱，以得生命的沉酣的大欢喜。

　　但倘若用一柄尖锐的利刃，只一击，穿透这桃红色的，菲薄的皮肤，将见那鲜红的热血激箭似的以所有温热直接灌溉杀戮者；其次，则给以冰冷的呼吸，示以淡白的嘴唇，使之人性茫然，得到生命的飞扬的极致的大欢喜；而其自身，则永远沉浸于生命的飞扬的极致的大欢喜中。

　　这样，所以，有他们俩裸着全身，捏着利刃，对立于广漠的旷野之上。

　　他们俩将要拥抱，将要杀戮……

路人们从四面奔来，密密层层地，如槐蚕爬上墙壁，如马蚁要扛鲞头[3]。衣服都漂亮，手倒空的。然而从四面奔来，而且拚命地伸长颈子，要赏鉴这拥抱或杀戮。他们已经豫觉着事后的自己的舌上的汗或血的鲜味。

然而他们俩对立着，在广漠的旷野之上，裸着全身，捏着利刃，然而也不拥抱，也不杀戮，而且也不见有拥抱或杀戮之意。

他们俩这样地至于永久，圆活的身体，已将干枯，然而毫不见有拥抱或杀戮之意。

路人们于是乎无聊；觉得有无聊钻进他们的毛孔，觉得有无聊从他们自己的心中由毛孔钻出，爬满旷野，又钻进别人的毛孔中。他们于是觉得喉舌干燥，脖子也乏了；终至于面面相觑，慢慢走散；甚而至于居然觉得干枯到失了生趣。

于是只剩下广漠的旷野，而他们俩在其间裸着全身，捏着利刃，干枯地立着；以死人似的眼光，赏鉴这路人们的干枯，无血的大戮，而永远沉浸于生命的飞扬的极致的大欢喜中。

一九二四年十二月二十日。

*　　*　　*

〔1〕 本篇最初发表于1924年12月29日《语丝》周刊第七期。

他们俩将要拥抱，将要杀戮……

作者在《〈野草〉英文译本序》中说：“因为憎恶社会上旁观者之多，作《复仇》第一篇”。又在1934年5月16日致郑振铎信中说：“不动笔诚然最好。我在《野草》中，曾记一男一女，持刀对立旷野中，无聊人竞随而往，以为必有事件，慰其无聊，而二人从此毫无动作，以致无聊人仍然无聊，至于老死，题曰《复仇》，亦是此意。但此亦不过愤激之谈，该二人或相爱，或相杀，还是照所欲而行的为是。”

〔2〕 槐蚕　一种生长在槐树上的蛾类的幼虫。

〔3〕 鲞头　即鱼头；江浙等地俗称干鱼、腊鱼为鲞。

复　仇（其二）[1]

因为他自以为神之子，以色列的王[2]，所以去钉十字架。

兵丁们给他穿上紫袍，戴上荆冠，庆贺他；又拿一根苇子打他的头，吐他，屈膝拜他；戏弄完了，就给他脱了紫袍，仍穿他自己的衣服。[3]

看哪，他们打他的头，吐他，拜他……

他不肯喝那用没药[4]调和的酒，要分明地玩味以色列人怎样对付他们的神之子，而且较永久地悲悯他们的前途，然而仇恨他们的现在。

四面都是敌意，可悲悯的，可咒诅的。

丁丁地响，钉尖从掌心穿透，他们要钉杀他们的神之子了，可悯的人们呵，使他痛得柔和。丁丁地响，钉尖从脚背穿透，钉碎了一块骨，痛楚也透到心髓中，然而他们自己钉杀着他们的神之子了，可咒诅的人们呵，这使他痛得舒服。

十字架竖起来了；他悬在虚空中。

他没有喝那用没药调和的酒，要分明地玩味以色列人怎样对付他们的神之子，而且较永久地悲悯他们的前途，然而仇恨他们的现在。

路人都辱骂他，祭司长和文士也戏弄他，和他同钉的两个强盗也讥诮他。〔5〕

看哪，和他同钉的……

四面都是敌意，可悲悯的，可咒诅的。

他在手足的痛楚中，玩味着可悯的人们的钉杀神之子的悲哀和可咒诅的人们要钉杀神之子，而神之子就要被钉杀了的欢喜。突然间，碎骨的大痛楚透到心髓了，他即沉酣于大欢喜和大悲悯中。

他腹部波动了，悲悯和咒诅的痛楚的波。

遍地都黑暗了。

"以罗伊，以罗伊，拉马撒巴各大尼？！"（翻出来，就是：我的上帝，你为甚么离弃我？！）〔6〕

上帝离弃了他，他终于还是一个"人之子"；然而以色列人连"人之子"都钉杀了。

丁丁地响，钉尖从掌心穿透，他们要钉杀他们的神之子了，……

钉杀了"人之子"的人们的身上，比钉杀了"神之子"的尤其血污，血腥。

一九二四年十二月二十日。

*　　*　　*

〔1〕 本篇最初发表于1924年12月29日《语丝》周刊第七期。

文中关于耶稣被钉十字架的事，是根据《新约全书》中的记载。

〔2〕 以色列的王　即犹太人的王。据《新约全书·马可福音》第十五章载："他们带耶稣到了各各他地方（各各他翻出来，就是髑髅地），…… 于是将他钉在十字架上，…… 在上面有他的罪状，写的是犹太人的王。"

〔3〕 关于耶稣被钉十字架的情况，据《马可福音》第十五章载："将耶稣鞭打了，交给人钉十字架。…… 他们给他穿上紫袍，又用荆棘编作冠冕给他戴上，就庆贺他说，恭喜犹太人的王阿。又拿一根苇子，打他的头，吐唾沫在他脸上，屈膝拜他。戏弄完了，就给他脱了紫袍，仍穿上他自己的衣服，带他出去，要钉十字架。"

〔4〕 没药（myrrh）　药名，一作末药，梵语音译。由没药树树皮中渗出的脂液凝结而成。有镇静、麻醉等作用。《马可福音》第十五章有兵丁拿没药调和的酒给耶稣，耶稣不受的记载。

〔5〕 据《马可福音》第十五章载："他们又把两个强盗，和他同钉十

字架，一个在右边，一个在左边。从那里经过的人辱骂他，摇着头说，咳，你这拆毁圣殿，三日又建造起来的，可以救自己从十字架上下来罢。祭司长和文士也是这样戏弄他，彼此说，他救了别人，不能救自己。以色列的王基督，现在可以从十字架上下来，叫我们看见，就信了。那和他同钉的人也是讥诮他。"祭司长，古犹太教管祭祀的人；文士，宣讲古犹太法律，兼记录和保管官方文件的人。他们同属上层统治阶级。

〔6〕关于耶稣临死前的情况，据《马可福音》第十五章载："从午正到申初遍地都黑暗了。申初的时候，耶稣大声喊着说：'以罗伊，以罗伊，拉马撒巴各大尼？！'翻出来，就是：我的上帝，我的上帝，为什么离弃我？！……气就断了。"

希　望[1]

我的心分外地寂寞。

然而我的心很平安：没有爱憎，没有哀乐，也没有颜色和声音。

我大概老了。我的头发已经苍白，不是很明白的事么？我的手颤抖着，不是很明白的事么？那么，我的魂灵的手一定也颤抖着，头发也一定苍白了。

然而这是许多年前的事了。

这以前，我的心也曾充满过血腥的歌声：血和铁，火焰和毒，恢复和报仇。而忽而这些都空虚了，但有时故意地填以没奈何的自欺的希望。希望，希望，用这希望的盾，抗拒那空虚中的暗夜的袭来，虽然盾后面也依然是空虚中的暗夜。然而就是如此，陆续地耗尽了我的青春。[2]

我早先岂不知我的青春已经逝去了？但以为身外的青春固在：星，月光，僵坠的胡蝶，暗中的花，猫头鹰的不祥之言，杜鹃[3]的啼血，笑的渺茫，爱的翔舞……。虽然是悲凉漂渺的青春罢，然而究竟是青春。

　　然而现在何以如此寂寞？难道连身外的青春也都逝去，世上的青年也多衰老了么？

　　我只得由我来肉薄这空虚中的暗夜了。我放下了希望之盾，我听到 Petöfi Sándor（1823—49）[4]的"希望"之歌：

希望是甚么？是娼妓：

她对谁都蛊惑，将一切都献给；

待你牺牲了极多的宝贝——

你的青春——她就弃掉你。

　　这伟大的抒情诗人，匈牙利的爱国者，为了祖国而死在可萨克[5]兵的矛尖上，已经七十五年了。悲哉死也，然而更可悲的是他的诗至今没有死。

　　但是，可惨的人生！桀骜英勇如 Petöfi，也终于对了暗夜止步，回顾着茫茫的东方了。他说：

　　　　绝望之为虚妄，正与希望相同。[6]

倘使我还得偷生在不明不暗的这"虚妄"中，我就还要寻求那逝去的悲凉漂渺的青春，但不妨在我的身外。因为身外的青春倘一消灭，我身中的迟暮也即凋零了。

然而现在没有星和月光，没有僵坠的胡蝶以至笑的渺茫，爱的翔舞。然而青年们很平安。

我只得由我来肉薄这空虚中的暗夜了，纵使寻不到身外的青春，也总得自己来一掷我身中的迟暮。但暗夜又在那里呢？现在没有星，没有月光以至笑的渺茫和爱的翔舞；青年们很平安，而我的面前又竟至于并且没有真的暗夜。

绝望之为虚妄，正与希望相同！

一九二五年一月一日。

*　　*　　*

〔1〕　本篇最初发表于1925年1月19日《语丝》周刊第十期。

作者在《〈野草〉英文译本序》中说："因为惊异于青年之消沉，作《希望》。"

〔2〕　作者在《南腔北调集·〈自选集〉自序》中说："见过辛亥革命，见过二次革命，见过袁世凯称帝，张勋复辟，看来看去，就看得怀疑起来，于是失望，颓唐得很了。……不过我却又怀疑于自己的失望，因为我所见过的人们，事件，是有限得很的，这想头，就给了我提笔的力量。'绝

绝望之为虚妄，正与希望相同。

望之为虚妄，正与希望相同。'"

〔3〕 杜鹃　鸟名，亦名子规、杜宇，初夏时常昼夜啼叫。唐代陈藏器撰的《本草拾遗》说："杜鹃鸟，小似鹞，鸣呼不已，出血声始止。"

〔4〕 Petöfi Sándor　裴多菲·山陀尔（1823—1849），匈牙利诗人、革命家。曾参加1848年反抗奥地利统治的民族革命战争，1849年在与协助奥国的沙俄军队作战中牺牲。一说他在瑟什堡战役中随一批匈牙利士兵被俘，押至西伯利亚，约于1856年病卒。主要作品有《勇敢的约翰》、《民族之歌》等。这里引的《希望》一诗，作于1845年。

〔5〕 可萨克　通译哥萨克，原为突厥语，意思是"自由的人"或"勇敢的人"。他们原是俄罗斯的一部分农奴和城市贫民，十五世纪后半叶和十六世纪前半叶，因不堪封建压迫，从俄国中部逃出，定居在俄国南部的库班河和顿河一带，自称为"哥萨克人"。他们善骑战，沙皇时代多入伍当兵。1849年沙皇俄国援助奥地利反动派，入侵匈牙利镇压革命，俄军中即有哥萨克部队。

〔6〕 绝望之为虚妄，正与希望相同　这句话出自裴多菲1847年7月17日致友人凯雷尼·弗里杰什的信："…… 这个月的十三号，我从拜雷格萨斯起程，乘着那样恶劣的驽马，那是我整个旅程中从未碰见过的。当我一看到那些倒霉的驽马，我吃惊得头发都竖了起来 …… 我内心充满了绝望，坐上了大车，…… 但是，我的朋友，绝望是那样地骗人，正如同希望一样。这些瘦弱的马驹用这样快的速度带我飞驰到萨特马尔来，甚至连那些靠燕麦和干草饲养的贵族老爷派头的马也要为之赞赏。我对你们说过，不要只凭外表作判断，要是那样，你就不会获得真理。"

雪[1]

　　暖国[2]的雨，向来没有变过冰冷的坚硬的灿烂的雪花。博识的人们觉得他单调，他自己也以为不幸否耶？ 江南的雪，可是滋润美艳之至了；那是还在隐约着的青春的消息，是极壮健的处子的皮肤。雪野中有血红的宝珠山茶[3]，白中隐青的单瓣梅花，深黄的磬口的蜡梅花[4]；雪下面还有冷绿的杂草。胡蝶确乎没有；蜜蜂是否来采山茶花和梅花的蜜，我可记不真切了。但我的眼前仿佛看见冬花开在雪野中，有许多蜜蜂们忙碌地飞着，也听得他们嗡嗡地闹着。

　　孩子们呵着冻得通红，像紫芽姜一般的小手，七八个一齐来塑雪罗汉。因为不成功，谁的父亲也来帮忙了。罗汉就塑得比孩子们高得多，虽然不过是上小下大的一堆，终于分不清是壶卢还是罗汉；然而很洁白，很明艳，以自身的滋润相粘结，整个地闪闪地生光。孩子们用龙眼核给他做眼珠，又从谁的母亲的脂粉奁中偷得胭脂来涂在嘴唇上。这回确是一个大阿罗汉了。他也就目光灼灼地嘴唇通红地坐在雪地里。

第二天还有几个孩子来访问他；对了他拍手，点头，嘻笑。但他终于独自坐着了。晴天又来消释他的皮肤，寒夜又使他结一层冰，化作不透明的水晶模样；连续的晴天又使他成为不知道算什么，而嘴上的胭脂也褪尽了。

但是，朔方的雪花在纷飞之后，却永远如粉，如沙，他们决不粘连，撒在屋上，地上，枯草上，就是这样。屋上的雪是早已就有消化了的，因为屋里居人的火的温热。别的，在晴天之下，旋风忽来，便蓬勃地奋飞，在日光中灿灿地生光，如包藏火焰的大雾，旋转而且升腾，弥漫太空，使太空旋转而且升腾地闪烁。

在无边的旷野上，在凛冽的天宇下，闪闪地旋转升腾着的是雨的精魂……

是的，那是孤独的雪，是死掉的雨，是雨的精魂。

一九二五年一月十八日。

＊　　＊　　＊

〔1〕 本篇最初发表于1925年1月26日《语丝》周刊第十一期。

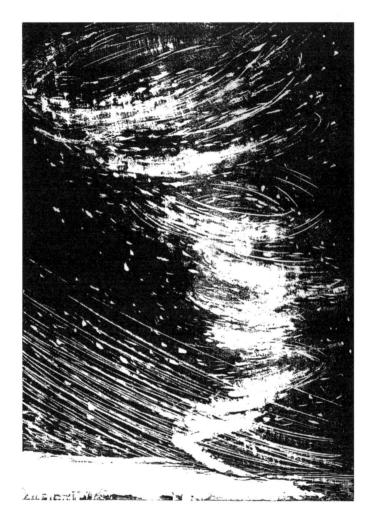

在无边的旷野上，在凛冽的天宇下，闪闪地旋转升腾着的是雨的精魂……

〔2〕 暖国　指我国南方气候温暖的地区。

〔3〕 宝珠山茶　据《广群芳谱》卷四十一载："宝珠山茶，千叶含苞，历几月而放，殷红若丹，最可爱。"

〔4〕 磬口的蜡梅花　据清代陈淏子撰《花镜》卷三载："圆瓣深黄，形似白梅，虽盛开如半含者，名磬口，最为世珍。"

风　筝[1]

　　北京的冬季，地上还有积雪，灰黑色的秃树枝丫叉于晴朗的天空中，而远处有一二风筝浮动，在我是一种惊异和悲哀。

　　故乡的风筝时节，是春二月，倘听到沙沙的风轮[2]声，仰头便能看见一个淡墨色的蟹风筝或嫩蓝色的蜈蚣风筝。还有寂寞的瓦片风筝，没有风轮，又放得很低，伶仃地显出憔悴可怜模样。但此时地上的杨柳已经发芽，早的山桃也多吐蕾，和孩子们的天上的点缀相照应，打成一片春日的温和。我现在在那里呢？四面都还是严冬的肃杀，而久经诀别的故乡的久经逝去的春天，却就在这天空中荡漾了。

　　但我是向来不爱放风筝的，不但不爱，并且嫌恶他，因为我以为这是没出息孩子所做的玩艺。和我相反的是我的小兄弟，他那时大概十岁内外罢，多病，瘦得不堪，然而最喜欢风筝，自己买不起，我又不许放，他只得张着小嘴，呆看着空中出神，有时至于小半日。远处的蟹风筝突然落下来了，他惊呼；两个瓦片风筝的缠绕解开了，他高兴得跳跃。他的这些，在我看来都是笑柄，可鄙的。

有一天，我忽然想起，似乎多日不很看见他了，但记得曾见他在后园拾枯竹。我恍然大悟似的，便跑向少有人去的一间堆积杂物的小屋去，推开门，果然就在尘封的什物堆中发现了他。他向着大方凳，坐在小凳上；便很惊惶地站了起来，失了色瑟缩着。大方凳旁靠着一个胡蝶风筝的竹骨，还没有糊上纸，凳上是一对做眼睛用的小风轮，正用红纸条装饰着，将要完工了。我在破获秘密的满足中，又很愤怒他的瞒了我的眼睛，这样苦心孤诣地来偷做没出息孩子的玩艺。我即刻伸手折断了胡蝶的一支翅骨，又将风轮掷在地下，踏扁了。论长幼，论力气，他是都敌不过我的，我当然得到完全的胜利，于是傲然走出，留他绝望地站在小屋里。后来他怎样，我不知道，也没有留心。

然而我的惩罚终于轮到了，在我们离别得很久之后，我已经是中年。我不幸偶而看了一本外国的讲论儿童的书，才知道游戏是儿童最正当的行为，玩具是儿童的天使。于是二十年来毫不忆及的幼小时候对于精神的虐杀的这一幕，忽地在眼前展

论长幼，论力气，他是都敌不过我的，……

开，而我的心也仿佛同时变了铅块，很重很重的堕下去了。

但心又不竟堕下去而至于断绝，他只是很重很重地堕着，堕着。

我也知道补过的方法的：送他风筝，赞成他放，劝他放，我和他一同放。我们嚷着，跑着，笑着。——然而他其时已经和我一样，早已有了胡子了。

我也知道还有一个补过的方法的：去讨他的宽恕，等他说，"我可是毫不怪你呵。"那么，我的心一定就轻松了，这确是一个可行的方法。有一回，我们会面的时候，是脸上都已添刻了许多"生"的辛苦的条纹，而我的心很沉重。我们渐渐谈起儿时的旧事来，我便叙述到这一节，自说少年时代的胡涂。"我可是毫不怪你呵。"我想，他要说了，我即刻便受了宽恕，我的心从此也宽松了罢。

"有过这样的事么？"他惊异地笑着说，就像旁听着别人的故事一样。他什么也不记得了。

全然忘却，毫无怨恨，又有什么宽恕之可言呢？ 无怨的恕，说谎罢了。

我还能希求什么呢？ 我的心只得沉重着。

现在，故乡的春天又在这异地的空中了，既给我久经逝去的儿时的回忆，而一并也带着无可把握的悲哀。我倒不如躲到肃杀的严冬中去罢，——但是，四面又明明是严冬，正给我非常的寒威和冷气。

一九二五年一月二十四日。

*　　　*　　　*

〔1〕 本篇最初发表于1925年2月2日《语丝》周刊第十二期。

〔2〕 风轮　风筝上能迎风转动发声的小轮。

好的故事[1]

灯火渐渐地缩小了，在预告石油的已经不多；石油又不是老牌，早熏得灯罩很昏暗。鞭爆的繁响在四近，烟草的烟雾在身边：是昏沉的夜。

我闭了眼睛，向后一仰，靠在椅背上；捏着《初学记》[2]的手搁在膝髁上。

我在蒙胧中，看见一个好的故事。

这故事很美丽，幽雅，有趣。许多美的人和美的事，错综起来像一天云锦，而且万颗奔星似的飞动着，同时又展开去，以至于无穷。

我仿佛记得曾坐小船经过山阴道[3]，两岸边的乌桕，新禾，野花，鸡，狗，丛树和枯树，茅屋，塔，伽蓝[4]，农夫和村妇，村女，晒着的衣裳，和尚，蓑笠，天，云，竹，……都倒影在澄碧的小河中，随着每一打桨，各各夹带了闪烁的日光，并水里的萍藻游鱼，一同荡漾。诸影诸物，无不解散，而且摇动，扩大，互相融和；刚一融和，却又退缩，复近于原形。边缘都参差如夏云头，镶着日光，发出水银色焰。凡是我所经过的河，都是如此。

现在我所见的故事也如此。水中的青天的底子，一切事物统在上面交错，织成一篇，永是生动，永是展开，我看不见这一篇的结束。

河边枯柳树下的几株瘦削的一丈红〔5〕，该是村女种的罢。大红花和斑红花，都在水里面浮动，忽而碎散，拉长了，如缕缕的胭脂水，然而没有晕。茅屋，狗，塔，村女，云，……也都浮动着。大红花一朵朵全被拉长了，这时是泼剌奔进的红锦带。带织入狗中，狗织入白云中，白云织入村女中……。在一瞬间，他们又将退缩了。但斑红花影也已碎散，伸长，就要织进塔，村女，狗，茅屋，云里去。

现在我所见的故事清楚起来了，美丽，幽雅，有趣，而且分明。青天上面，有无数美的人和美的事，我一一看见，一一知道。

我就要凝视他们……。

我正要凝视他们时，骤然一惊，睁开眼，云锦也已皱蹙，凌乱，仿佛有谁掷一块大石下河水中，水波陡然起立，将整篇的影子撕成片片了。我无意识地赶忙捏住几乎坠地的《初学记》，眼前还剩着几点虹霓色的碎影。

我真爱这一篇好的故事，趁碎影还在，我要追回他，完成他，留下他。我抛了书，欠身伸手去取笔，—— 何尝有一丝碎影，只见昏暗的灯光，我不在小船里了。

但我总记得见过这一篇好的故事，在昏沉的夜 ……。

一九二五年二月二十四日。〔6〕

*　　*　　*

〔1〕 本篇最初发表于1925年2月9日《语丝》周刊第十三期。

〔2〕《初学记》 类书名，唐代徐坚等辑，共三十卷。取材于群经、诸子、历代诗赋及唐初诸家作品。

〔3〕 山阴道 指绍兴具城西南一带风景优美的地方。《世说新语·言语》说："王子敬云：从山阴道上行，山川自相映发，使人应接不暇。"

〔4〕 伽蓝 梵语"僧伽蓝摩"（Saṅghārāma）的略称，意思是僧众所住的园林，后泛指寺庙。

〔5〕 一丈红 即蜀葵，茎高六七尺，六月开花，形大，有红、紫、白、

黄等颜色。

〔6〕 文末所注写作日期迟于发表日期，有误；鲁迅1925年1月28日日记载"作《野草》一篇"，当指本文。

过　客[1]

时：

　　或一日的黄昏。

地：

　　或一处。

人：

　　老翁——约七十岁，白须发，黑长袍。

　　女孩——约十岁，紫发，乌眼珠，白地黑方格长衫。

　　过客——约二四十岁，状态困顿倔强，眼光阴沉，黑须，乱发，黑色短衣裤皆破碎，赤足著破鞋，胁下挂一个口袋，支着等身[2]的竹杖。

　　东，是几株杂树和瓦砾；西，是荒凉破败的丛葬；其间

有一条似路非路的痕迹。一间小土屋向这痕迹开着一扇

门；门侧有一段枯树根。

（女孩正要将坐在树根上的老翁挽起。）

翁——孩子。喂，孩子！怎么不动了呢？

孩——（向东望着，）有谁走来了，看一看罢。

翁——不用看他。扶我进去罢。太阳要下去了。

孩——我，——看一看。

翁——唉，你这孩子！天天看见天，看见土，看见风，还不够好看么？什么也不比这些好看。你偏是要看谁。太阳下去时候出现的东西，不会给你什么好处的。……还是进去罢。

孩——可是，已经近来了。阿阿，是一个乞丐。

翁——乞丐？不见得罢。

（过客从东面的杂树间跄踉走出，暂时踌躇之后，慢慢地走近老翁去。）

客——老丈，你晚上好？

翁——阿，好！托福。你好？

客——老丈，我实在冒昧，我想在你那里讨一杯水喝。我走得渴极了。这地方又没有一个池塘，一个水洼。

太阳下去时候出现的东西，不会给你什么好处的。

翁——唔，可以可以。你请坐罢。(向女孩)孩子，你拿水来，杯子要洗干净。

(女孩默默地走进土屋去。)

翁——客官，你请坐。你是怎么称呼的。

客——称呼？——我不知道。从我还能记得的时候起，我就只一个人。我不知道我本来叫什么。我一路走，有时人们也随便称呼我，各式各样地，我也记不清楚了，况且相同的称呼也没有听到过第二回。

翁——阿阿。那么，你是从那里来的呢？

客——(略略迟疑，)我不知道。从我还能记得的时候起，我就在这么走。

翁——对了。那么，我可以问你到那里去么？

客——自然可以。——但是，我不知道。从我还能记得的时候起，我就在这么走，要走到一个地方去，这地方就在前面。我单记得走了许多路，现在来到这里了。我接着就要走向那边去，(西指，)前面！

(女孩小心地捧出一个木杯来，递去。)

客——(接杯，)多谢，姑娘。(将水两口喝尽，还杯，)多谢，姑娘。这真是少有的好意。我真不知道应该怎样感激！

翁 ——不要这么感激。这于你是没有好处的。

客 ——是的，这于我没有好处。可是我现在很恢复了些力气了。我就要前去。老丈，你大约是久住在这里的，你可知道前面是怎么一个所在么？

翁 ——前面？ 前面，是坟[3]。

客 ——（诧异地，）坟？

孩 ——不，不，不的。那里有许多许多野百合，野蔷薇，我常常去玩，去看他们的。

客 ——（西顾，仿佛微笑，）不错。那些地方有许多许多野百合，野蔷薇，我也常常去玩过，去看过的。但是，那是坟。（向老翁，）老丈，走完了那坟地之后呢？

翁 ——走完之后？ 那我可不知道。我没有走过。

客 ——不知道？！

孩 ——我也不知道。

翁 ——我单知道南边；北边；东边，你的来路。那是我最熟悉的地方，也许倒是于你们最好的地方。你莫怪我多嘴，据我看来，你已经这么劳顿了，还不如回转去，因为你前去也料不定可能走完。

客 ——料不定可能走完？……（沉思，忽然惊起，）那不行！我只得走。回到那里去，就没一处没有名目，没一处没有地主，没一处没有驱逐和牢笼，没一处没有皮面的笑容，没一处没有眶外的眼泪。我憎恶他们，我不回转去！

翁 —— 那也不然。你也会遇见心底的眼泪，为你的悲哀。

客 —— 不。我不愿看见他们心底的眼泪，不要他们为我的悲哀！

翁 —— 那么，你，（摇头，）你只得走了。

客 —— 是的，我只得走了。况且还有声音常在前面催促我，叫唤我，使我息不下。可恨的是我的脚早经走破了，有许多伤，流了许多血。（举起一足给老人看，）因此，我的血不够了；我要喝些血。但血在那里呢？可是我也不愿意喝无论谁的血。我只得喝些水，来补充我的血。一路上总有水，我倒也并不感到什么不足。只是我的力气太稀薄了，血里面太多了水的缘故罢。今天连一个小水洼也遇不到，也就是少走了路的缘故罢。

翁 —— 那也未必。太阳下去了，我想，还不如休息一会的好罢，像我似的。

客 —— 但是，那前面的声音叫我走。

翁 —— 我知道。

客 —— 你知道？你知道那声音么？

翁 —— 是的。他似乎曾经也叫过我。

客 —— 那也就是现在叫我的声音么？

翁 —— 那我可不知道。他也就是叫过几声，我不理他，他也就不叫了，我也就记不清楚了。

客 —— 唉唉，不理他 ……。（沉思，忽然吃惊，倾听着，）不行！我还是走的好。我息不下。可恨我的脚早经走破了。（准备走路。）

孩 —— 给你！（递给一片布，）裹上你的伤去。

客 —— 多谢，（接取，）姑娘。这真是 ……。这真是极少有的好意。这能使我可以走更多的路。（就断砖坐下，要将布缠在踝上，）但是，不行！（竭力站起，）姑娘，还了你罢，还是裹不下。况且这太多的好意，我没法感激。

翁 —— 你不要这么感激，这于你没有好处。

客 —— 是的，这于我没有什么好处。但在我，这布施是最上的东西了。你看，我全身上可有这样的。

翁 —— 你不要当真就是。

客 —— 是的。但是我不能。我怕我会这样：倘使我得到了谁的布施，我就要像兀鹰看见死尸一样，在四近徘徊，祝愿她的灭亡，给我亲自看见；或者咒诅她以外的一切全都灭亡，连

姑娘，还了你罢，还是裹不下。况且这太多的好意，我没法感激。

我自己，因为我就应该得到咒诅。[4]但是我还没有这样的力量；即使有这力量，我也不愿意她有这样的境遇，因为她们大概总不愿意有这样的境遇。我想，这最稳当。（向女孩，）姑娘，你这布片太好，可是太小一点了，还了你罢。

孩——（惊惧，退后，）我不要了！你带走！

客——（似笑，）哦哦，……因为我拿过了？

孩——（点头，指口袋，）你装在那里，去玩玩。

客——（颓唐地退后，）但这背在身上，怎么走呢？……

翁——你息不下，也就背不动。——休息一会，就没有什么了。

客——对咧，休息……。（默想，但忽然惊醒，倾听。）不，我不能！我还是走好。

翁——你总不愿意休息么？

客——我愿意休息。

翁——那么，你就休息一会罢。

客——但是，我不能……。

翁——你总还是觉得走好么？

客——是的。还是走好。

翁——那么，你也还是走好罢。

客——（将腰一伸，）好，我告别了。我很感谢你们。（向着女孩，）姑娘，这还你，请你收回去。

（女孩惊惧，敛手，要躲进土屋里去。）

翁——你带去罢。要是太重了，可以随时抛在坟地里面的。

孩——（走向前，）阿阿，那不行！

客——阿阿，那不行的。

翁——那么，你挂在野百合野蔷薇上就是了。

孩——（拍手，）哈哈！好！

客——哦哦……。

（极暂时中，沉默。）

翁——那么，再见了。祝你平安。（站起，向女孩，）孩子，扶我进去罢。你看，太阳早已下去了。（转身向门。）

客——多谢你们。祝你们平安。（徘徊，沉思，忽然吃惊，）然而我不能！我只得走。我还是走好罢……。（即刻昂了头，奋然向西走去。）

（女孩扶老人走进土屋，随即阖了门。过客向野地里踉跄地闯进去，夜色跟在他后面。）

一九二五年三月二日。

过客向野地里跄踉地闯进去，夜色跟在他后面。

      *   *   *

〔1〕 本篇最初发表于1925年3月9日《语丝》周刊第十七期。

〔2〕 等身 和身体一样高。

〔3〕 坟 作者在《写在〈坟〉后面》中说："我只很确切地知道一个终点，就是：坟。然而这是大家都知道的，无须谁指引。问题是在从此到那的道路。那当然不只一条，我可正不知那一条好，虽然至今有时也还在寻求。"

〔4〕 作者在写本篇后不久给许广平的信中说："同我有关的活着，我倒不放心，死了，我就安心，这意思也在《过客》中说过"。(《两地书·二四》)

死　火[1]

我梦见自己在冰山间奔驰。

这是高大的冰山，上接冰天，天上冻云弥漫，片片如鱼鳞模样。山麓有冰树林，枝叶都如松杉。一切冰冷，一切青白。

但我忽然坠在冰谷中。

上下四旁无不冰冷，青白。而一切青白冰上，却有红影无数，纠结如珊瑚网。我俯看脚下，有火焰在。

这是死火。有炎炎的形，但毫不摇动，全体冰结，像珊瑚枝；尖端还有凝固的黑烟，疑这才从火宅[2]中出，所以枯焦。这样，映在冰的四壁，而且互相反映，化为无量数影，使这冰谷，成红珊瑚色。

哈哈！

当我幼小的时候，本就爱看快舰激起的浪花，洪炉喷出的烈焰。不但爱看，还想看清。可惜他们都息息变幻，永无定形。虽然凝视又凝视，总不留下怎样一定的迹象。

死的火焰，现在先得到了你了！

我拾起死火，正要细看，那冷气已使我的指头焦灼；但是，我还熬着，将他塞入衣袋中间。冰谷四面，登时完全青白。我一面思索着走出冰谷的法子。

我的身上喷出一缕黑烟，上升如铁线蛇[3]。冰谷四面，又登时满有红焰流动，如大火聚[4]，将我包围。我低头一看，死火已经燃烧，烧穿了我的衣裳，流在冰地上了。

"唉，朋友！你用了你的温热，将我惊醒了。"他说。

我连忙和他招呼，问他名姓。

"我原先被人遗弃在冰谷中，"他答非所问地说，"遗弃我的早已灭亡，消尽了。我也被冰冻冻得要死。倘使你不给我温热，使我重行烧起，我不久就须灭亡。"

"你的醒来，使我欢喜。我正在想着走出冰谷的方法；我愿意携带你去，使你永不冰结，永得燃烧。"

"唉唉！那么，我将烧完！"

"你的烧完，使我惋惜。我便将你留下，仍在这里罢。"

"唉唉！那么，我将冻灭了！"

"那么，怎么办呢？"

"但你自己，又怎么办呢？"他反而问。

"我说过了：我要出这冰谷……。"

"那我就不如烧完！"

他忽而跃起，如红彗星，并我都出冰谷口外。有大石车突然驰来，我终于碾死在车轮底下，但我还来得及看见那车就坠入冰谷中。

"哈哈！你们是再也遇不着死火了！"我得意地笑着说，仿佛就愿意这样似的。

一九二五年四月二十三日。

*　　　*　　　*

〔1〕 本篇最初发表于1925年5月4日《语丝》周刊第二十五期。

〔2〕 火宅　佛家语，《法华经·譬喻品》中说："三界（按这里指欲界、色界、无色界，泛指世界）无安，犹如火宅，众苦充满，甚可怖畏，常有生老病死忧患，如是等火，炽然不息。"

〔3〕 铁线蛇　又名盲蛇，无毒，状如蚯蚓，是我国最小的一种蛇。分布于浙江、福建等地。

〔4〕 火聚　佛家语，猛火聚集的地方。

他忽而跃起，如红彗星，并我都出冰谷口外。

狗 的 驳 诘 [1]

我梦见自己在隘巷中行走，衣履破碎，像乞食者。

一条狗在背后叫起来了。

我傲慢地回顾，叱咤说：

"呔！住口！你这势利的狗！"

"嘻嘻！"他笑了，还接着说，"不敢，愧不如人呢。"

"什么！？"我气愤了，觉得这是一个极端的侮辱。

"我惭愧：我终于还不知道分别铜和银 [2]；还不知道分别布和绸；还不知道分别官和民；还不知道分别主和奴；还不知道……"

我逃走了。

"且慢！我们再谈谈……"他在后面大声挽留。

我一径逃走，尽力地走，直到逃出梦境，躺在自己的床上。

一九二五年四月二十三日。

＊　　　＊　　　＊

〔1〕　本篇最初发表于1925年5月4日《语丝》周刊第二十五期。

〔2〕　铜和银　这里指钱币。我国旧时曾通用铜币和银币。

"且慢！我们再谈谈……"他在后面大声挽留。

失掉的好地狱[1]

我梦见自己躺在床上，在荒寒的野外，地狱的旁边。一切鬼魂们的叫唤无不低微，然有秩序，与火焰的怒吼，油的沸腾，钢叉的震颤相和鸣，造成醉心的大乐[2]，布告三界[3]：地下太平。

有一伟大的男子站在我面前，美丽，慈悲，遍身有大光辉，然而我知道他是魔鬼。

"一切都已完结，一切都已完结！可怜的鬼魂们将那好的地狱失掉了！"他悲愤地说，于是坐下，讲给我一个他所知道的故事——

"天地作蜂蜜色的时候，就是魔鬼战胜天神，掌握了主宰一切的大威权的时候。他收得天国，收得人间，也收得地狱。他于是亲临地狱，坐在中央，遍身发大光辉，照见一切鬼众。

"地狱原已废弛得很久了：剑树〔4〕消却光芒；沸油的边际早不腾涌；大火聚有时不过冒些青烟，远处还萌生曼陀罗花〔5〕，花极细小，惨白可怜。——那是不足为奇的，因为地上曾经大被焚烧，自然失了他的肥沃。

"鬼魂们在冷油温火里醒来，从魔鬼的光辉中看见地狱小花，惨白可怜，被大蛊惑，倏忽间记起人世，默想至不知几多年，遂同时向着人间，发一声反狱的绝叫。

"人类便应声而起，仗义执言，与魔鬼战斗。战声遍满三界，远过雷霆。终于运大谋略，布大网罗，使魔鬼并且不得不从地狱出走。最后的胜利，是地狱门上也竖了人类的旌旗！

"当鬼魂们一齐欢呼时，人类的整饬地狱使者已临地狱，坐在中央，用了人类的威严，叱咤一切鬼众。

"当鬼魂们又发一声反狱的绝叫时，即已成为人类的叛徒，得到永劫沉沦的罚，迁入剑树林的中央。

"人类于是完全掌握了主宰地狱的大威权，那威棱且在魔鬼以上。人类于是整顿废弛，先给牛首阿旁〔6〕以最高的俸草；而且，添薪加火，磨砺刀山，使地狱全体改观，一洗先前颓废的气象。

"曼陀罗花立即焦枯了。油一样沸；刀一样铦；火一样热；

鬼众一样呻吟，一样宛转，至于都不暇记起失掉的好地狱。

"这是人类的成功，是鬼魂的不幸……。

"朋友，你在猜疑我了。是的，你是人！我且去寻野兽和恶鬼……。"

一九二五年六月十六日。

*   *   *

〔1〕 本篇最初发表于1925年6月22日《语丝》周刊第三十二期。

作者在《〈野草〉英文译本序》中说："但这地狱也必须失掉。这是由几个有雄辩和辣手，而那时还未得志的英雄们的脸色和语气所告诉我的。我于是作《失掉的好地狱》。"写作本篇一个多月前，作者在《杂语》（《集外集》）中概括辛亥革命后军阀混战给民众带来的深重灾难时曾说："称为神的和称为魔的战斗了，并非争夺天国，而在要得地狱的统治权。所以无论谁胜，地狱至今也还是照样的地狱。"

〔2〕 醉心的大乐 使人沉醉的音乐。这里的"大"和下文的"大威权"、"大火聚"等词语中的"大"，都是模仿古代汉译佛经的语气。

〔3〕 三界 这里指天国、人间、地狱。源自原始宗教萨满教的基本概念。

〔4〕 剑树 佛教所说的地狱酷刑。《太平广记》卷三八二引《冥报拾遗》："至第三重门，入见镬汤及刀山剑树。"

〔5〕曼陀罗花　曼陀罗，亦称"风茄儿"，茄科，一年生有毒草本。佛经说，曼陀罗花白色而有妙香，花大，见之者能适意，故也译作适意花。

〔6〕牛首阿旁　佛教传说中地狱里牛头人身的鬼卒。东晋县无兰译《五苦章句经》中说："狱卒名阿傍，牛头人手，两脚牛蹄，力壮排山，持钢铁叉。"

墓 碣 文[1]

我梦见自己正和墓碣[2]对立，读着上面的刻辞。那墓碣似是沙石所制，剥落很多，又有苔藓丛生，仅存有限的文句——

……于浩歌狂热之际中寒；于天上看见深渊。于一切眼中看见无所有；于无所希望中得救。……

……有一游魂，化为长蛇，口有毒牙。不以啮人，自啮其身，终以殒颠[3]。……

……离开！……

我绕到碣后，才见孤坟，上无草木，且已颓坏。即从大阙口中，窥见死尸，胸腹俱破，中无心肝。而脸上却绝不显哀乐之状，但蒙蒙如烟然。

我在疑惧中不及回身，然而已看见墓碣阴面的残存的文句——

……抉心自食，欲知本味。创痛酷烈，本味何能知？……

……痛定之后，徐徐食之。然其心已陈旧，本味又何由知？……

……答我。否则，离开！……

我就要离开。而死尸已在坟中坐起，口唇不动，然而说——

"待我成尘时，你将见我的微笑！"

我疾走，不敢反顾，生怕看见他的追随。

一九二五年六月十七日。

*　　　*　　　*

〔1〕 本篇最初发表于1925年6月22日《语丝》周刊第三十二期。

〔2〕 墓碣　圆顶的墓碑。

〔3〕 殒颠　死亡。

颓败线的颤动[1]

我梦见自己在做梦。自身不知所在，眼前却有一间在深夜中紧闭的小屋的内部，但也看见屋上瓦松[2]的茂密的森林。

板桌上的灯罩是新拭的，照得屋子里分外明亮。在光明中，在破榻上，在初不相识的披毛的强悍的肉块底下，有瘦弱渺小的身躯，为饥饿，苦痛，惊异，羞辱，欢欣而颤动。弛缓，然而尚且丰腴的皮肤光润了；青白的两颊泛出轻红，如铅上涂了胭脂水。

灯火也因惊惧而缩小了，东方已经发白。

然而空中还弥漫地摇动着饥饿，苦痛，惊异，羞辱，欢欣的波涛……。

"妈！"约略两岁的女孩被门的开阖声惊醒，在草席围着的屋角的地上叫起来了。

72

"还早哩，再睡一会罢！"她惊惶地说。

"妈！我饿，肚子痛。我们今天能有什么吃的？"

"我们今天有吃的了。等一会有卖烧饼的来，妈就买给你。"她欣慰地更加紧捏着掌中的小银片，低微的声音悲凉地发抖，走近屋角去一看她的女儿，移开草席，抱起来放在破榻上。

"还早哩，再睡一会罢。"她说着，同时抬起眼睛，无可告诉地一看破旧的屋顶以上的天空。

空中突然另起了一个很大的波涛，和先前的相撞击，回旋而成旋涡，将一切并我尽行淹没，口鼻都不能呼吸。

我呻吟着醒来，窗外满是如银的月色，离天明还很辽远似的。

我自身不知所在，眼前却有一间在深夜中紧闭的小屋的内部，我自己知道是在续着残梦。可是梦的年代隔了许多年了。屋的内外已经这样整齐；里面是青年的夫妻，一群小孩了，都怨恨鄙夷地对着一个垂老的女人。

"我们没有脸见人，就只因为你，"男人气忿地说。"你还以为养大了她，其实正是害苦了她，倒不如小时候饿死的好！"

"使我委屈一世的就是你！"女的说。

"使我委屈一世的就是你！"女的说。

"还要带累了我！"男的说。

"还要带累他们哩！"女的说，指着孩子们。

最小的一个正玩着一片干芦叶，这时便向空中一挥，仿佛一柄钢刀，大声说道：

"杀！"

那垂老的女人口角正在痉挛，登时一怔，接着便都平静，不多时候，她冷静地，骨立的石像似的站起来了。她开开板门，迈步在深夜中走出，遗弃了背后一切的冷骂和毒笑。

她在深夜中尽走，一直走到无边的荒野；四面都是荒野，头上只有高天，并无一个虫鸟飞过。她赤身露体地，石像似的站在荒野的中央，于一刹那间照见过往的一切：饥饿，苦痛，惊异，羞辱，欢欣，于是发抖；害苦，委屈，带累，于是痉挛；杀，于是平静。……又于一刹那间将一切并合：眷念与决绝，爱抚与复仇，养育与歼除，祝福与咒诅……。她于是举两手尽量向天，口唇间漏出人与兽的，非人间所有，所以无词的言语。

当她说出无词的言语时，她那伟大如石像，然而已经荒废的，颓败的身躯的全面都颤动了。这颤动点点如鱼鳞，每一鳞都起伏如沸水在烈火上；空中也即刻一同振颤，仿佛暴风雨中的荒海的波涛。

　　她于是举两手尽量向天，口唇间漏出人与兽的，非人间所有，所以无词的言语。

她于是抬起眼睛向着天空，并无词的言语也沉默尽绝，惟有颤动，辐射若太阳光，使空中的波涛立刻回旋，如遭飓风，汹涌奔腾于无边的荒野。

　　我梦魇了，自己却知道是因为将手搁在胸脯上了的缘故；我梦中还用尽平生之力，要将这十分沉重的手移开。

一九二五年六月二十九日。

＊　　　＊　　　＊

　　〔1〕　本篇最初发表于1925年7月13日《语丝》周刊第三十五期。

　　〔2〕　瓦松　又名"向天草"或"昨叶荷草"。丛生在瓦缝中，叶针状，初生时密集短茎上，远望如松树，故名。

立　　论 [1]

我梦见自己正在小学校的讲堂上预备作文，向老师请教立论的方法。

"难！"老师从眼镜圈外斜射出眼光来，看着我，说。"我告诉你一件事——

"一家人家生了一个男孩，合家高兴透顶了。满月的时候，抱出来给客人看，——大概自然是想得一点好兆头。

"一个说：'这孩子将来要发财的。'他于是得到一番感谢。

"一个说：'这孩子将来要做官的。'他于是收回几句恭维。

"一个说：'这孩子将来是要死的。'他于是得到一顿大家合力的痛打。

"说要死的必然，说富贵的许谎。但说谎的得好报，说必然的遭打。你……"

"我愿意既不谎人，也不遭打。那么，老师，我得怎么说呢？"

　　"那么，你得说：'啊呀！ 这孩子呵！ 您瞧！ 多么……。阿唷！ 哈哈！ Hehe！ he，hehehehe！'〔2〕"

一九二五年七月八日。

　*　　　*　　　*

〔1〕 本篇最初发表于1925年7月13日《语丝》周刊第三十五期。

〔2〕 Hehe！ he，hehehehe！ 象声词，即嘿嘿！ 嘿，嘿嘿嘿嘿！

"一个说：'这孩子将来要发财的。'……"

"一个说：'这孩子将来要做官的。'……"

"一个说：'这孩子将来是要死的。'……"

死　后〔1〕

我梦见自己死在道路上。

这是那里，我怎么到这里来，怎么死的，这些事我全不明白。总之，待到我自己知道已经死掉的时候，就已经死在那里了。

听到几声喜鹊叫，接着是一阵乌老鸦。空气很清爽，——虽然也带些土气息，——大约正当黎明时候罢。我想睁开眼睛来，他却丝毫也不动，简直不像是我的眼睛；于是想抬手，也一样。

恐怖的利镞忽然穿透我的心了。在我生存时，曾经玩笑地设想：假使一个人的死亡，只是运动神经的废灭，而知觉还在，那就比全死了更可怕。谁知道我的预想竟的中〔2〕了，我自己就在证实这预想。

听到脚步声，走路的罢。一辆独轮车从我的头边推过，大约是重载的，轧轧地叫得人心烦，还有些牙齿龋。很觉得满眼绯红，一定是太阳上来了。那么，我的脸是朝东的。但那都没有什么关系。切切嚓嚓的人声，看热闹的。他们踹起黄土来，飞进我的鼻孔，使我想打喷嚏了，但终于没有打，仅有想打的心。

陆陆续续地又是脚步声，都到近旁就停下，还有更多的低语声：看的人多起来了。我忽然很想听听他们的议论。但同时想，我生存时说的什么批评不值一笑的话，大概是违心之论罢：才死，就露了破绽了。然而还是听；然而毕竟得不到结论，归纳起来不过是这样——

"死了？……"

"嗡。——这……"

"啧！……"

"啧。……唉！……"

我十分高兴，因为始终没有听到一个熟识的声音。否则，或者害得他们伤心；或则要使他们快意；或则要使他们加添些饭后闲谈的材料，多破费宝贵的工夫；这都会使我很抱歉。现在谁也看不见，就是谁也不受影响。好了，总算对得起人了！

但是，大约是一个马蚁，在我的脊梁上爬着，痒痒的。我一点也不能动，已经没有除去他的能力了；倘在平时，只将身子一扭，就能使他退避。而且，大腿上又爬着一个哩！你们是做什么的？虫豸！？

事情可更坏了：嗡的一声，就有一个青蝇停在我的颧骨上，走了几步，又一飞，开口便舐我的鼻尖。我懊恼地想：足下，我不是什么伟人，你无须到我身上来寻做论的材料……。但是不能说出来。他却从鼻尖跑下，又用冷舌头来舐我的嘴唇了，不知道可是表示亲爱。还有几个则聚在眉毛上，跨一步，我的毛根就一摇。实在使我烦厌得不堪，——不堪之至。

忽然，一阵风，一片东西从上面盖下来，他们就一同飞开了，临走时还说——

"惜哉！……"

我愤怒得几乎昏厥过去。

木材捧在地上的钝重的声音同着地面的震动，使我忽然清醒，前额上感着芦席的条纹。但那芦席就被掀去了，又立刻感到了日光的灼热。还听得有人说——

"怎么要死在这里？……"

这声音离我很近，他正弯着腰罢。但人应该死在那里呢？

我先前以为人在地上虽没有任意生存的权利，却总有任意死掉的权利的。现在才知道并不然，也很难适合人们的公意。可惜我久没了纸笔；即有也不能写，而且即使写了也没有地方发表了。只好就这样地抛开。

有人来抬我，也不知道是谁。听到刀鞘声，还有巡警在这里罢，在我所不应该"死在这里"的这里。我被翻了几个转身，便觉得向上一举，又往下一沉；又听得盖了盖，钉着钉。但是，奇怪，只钉了两个。难道这里的棺材钉，是只钉两个的么？

我想：这回是六面碰壁，外加钉子。真是完全失败，呜呼哀哉了！……

"气闷！……"我又想。

然而我其实却比先前已经宁静得多，虽然知不清埋了没有。在手背上触到草席的条纹，觉得这尸衾倒也不恶。只不知道是谁给我化钱的，可惜！但是，可恶，收敛的小子们！我背后的小衫的一角皱起来了，他们并不给我拉平，现在抵得我很难受。你们以为死人无知，做事就这样地草率么？哈哈！

我的身体似乎比活的时候要重得多，所以压着衣皱便格外的不舒服。但我想，不久就可以习惯的；或者就要腐烂，不至于再有什么大麻烦。此刻还不如静静地静着想。

"您好？您死了么？"

是一个颇为耳熟的声音。睁眼看时，却是勃古斋旧书铺的跑外的小伙计。不见约有二十多年了，倒还是那一副老样子。我又看看六面的壁，委实太毛糙，简直毫没有加过一点修刮，锯绒还是毛毵毵的。

"那不碍事，那不要紧。"他说，一面打开暗蓝色布的包裹来。"这是明板《公羊传》〔3〕，嘉靖黑口本〔4〕，给您送来了。您留下他罢。这是……。"

"你！"我诧异地看定他的眼睛，说，"你莫非真正胡涂了？你看我这模样，还要看什么明板？……"

"那可以看，那不碍事。"

我即刻闭上眼睛，因为对他很烦厌。停了一会，没有声息，他大约走了。但是似乎一个马蚁又在脖子上爬起来，终于爬到脸上，只绕着眼眶转圈子。

万不料人的思想，是死掉之后也还会变化的。忽而，有一种力将我的心的平安冲破；同时，许多梦也都做在眼前了。几个朋友祝我安乐，几个仇敌祝我灭亡。我却总是既不安乐，也不灭亡地不上不下地生活下来，都不能副任何一面的期望。现在又影一般死掉了，连仇敌也不使知道，不肯赠给他们一点惠而不费的欢欣。……

我觉得在快意中要哭出来。这大概是我死后第一次的哭。

然而终于也没有眼泪流下；只看见眼前仿佛有火花一闪，我于是坐了起来。

一九二五年七月十二日。

*　　*　　*

〔1〕 本篇最初发表于1925年7月20日《语丝》周刊第三十六期。

〔2〕 的中　射中靶子。

〔3〕 明板《公羊传》　即《春秋公羊传》(又作《公羊春秋》)的明代刻本。《公羊传》是一部阐释《春秋》的书，相传为周末齐国人公羊高所作。

〔4〕 嘉靖黑口本　我国线装书籍，书页中间折叠的直缝叫做"口"。"口"有"黑口""白口"的分别：折缝上下端有黑线的叫做"黑口"，没有黑线的叫做"白口"。嘉靖(1522—1566)，明世宗的年号。

这样的战士[1]

要有这样的一种战士——

已不是蒙昧如非洲土人而背着雪亮的毛瑟枪的；也并不疲惫如中国绿营兵而却佩着盒子炮[2]。他毫无乞灵于牛皮和废铁的甲胄；他只有自己，但拿着蛮人所用的，脱手一掷的投枪。

他走进无物之阵，所遇见的都对他一式点头。他知道这点头就是敌人的武器，是杀人不见血的武器，许多战士都在此灭亡，正如炮弹一般，使猛士无所用其力。

那些头上有各种旗帜，绣出各样好名称：慈善家，学者，文士，长者，青年，雅人，君子……。头下有各样外套，绣出各式好花样：学问，道德，国粹，民意，逻辑，公义，东方文明……。

但他举起了投枪。

在这样的境地里，谁也不闻战叫：太平。

太平……。

但他举起了投枪！

他们都同声立了誓来讲说，他们的心都在胸膛的中央，和别的偏心的人类两样。他们都在胸前放着护心镜[3]，就为自己也深信心在胸膛中央的事作证。

但他举起了投枪。

他微笑，偏侧一掷，却正中了他们的心窝。

一切都颓然倒地；——然而只有一件外套，其中无物。无物之物已经脱走，得了胜利，因为他这时成了戕害慈善家等类的罪人。

但他举起了投枪。

他在无物之阵中大踏步走，再见一式的点头，各种的旗帜，各样的外套……。

但他举起了投枪。

他终于在无物之阵中老衰，寿终。他终于不是战士，但无物之物则是胜者。

在这样的境地里，谁也不闻战叫：太平。

太平……。

但他举起了投枪！

一九二五年十二月十四日。

　　＊　　　＊　　　＊

　　〔1〕　本篇最初发表于1925年12月21日《语丝》周刊第五十八期。

　　作者在《〈野草〉英文译本序》里说："《这样的战士》，是有感于文人学士们帮助军阀而作。"

　　〔2〕　毛瑟枪　指德国机械师毛瑟（Mauser）弟兄在十九世纪七十年代设计制造的一种单发步枪，是当时比较先进的武器。绿营兵，一作绿旗兵。清朝兵制：除正黄、正白、正红、正蓝、镶黄、镶白、镶红、镶蓝等"八旗兵"（以满族人为主）外，又另募汉人编成军队，旗帜采用绿色，叫做绿旗兵。清代中叶以后，绿营兵渐趋衰败，终被裁废。盒子炮，即驳壳枪，连发手枪的一种，枪体大，外有特制的木盒，故名。

　　〔3〕　护心镜　古代战衣胸前部位镶嵌的金属圆片，用以保护胸膛。

聪明人和傻子和奴才[1]

奴才总不过是寻人诉苦。只要这样，也只能这样。有一日，他遇到一个聪明人。

"先生！"他悲哀地说，眼泪联成一线，就从眼角上直流下来。"你知道的。我所过的简直不是人的生活。吃的是一天未必有一餐，这一餐又不过是高粱皮，连猪狗都不要吃的，尚且只有一小碗……。"

"这实在令人同情。"聪明人也惨然说。

"可不是么！"他高兴了。"可是做工是昼夜无休息的：清早担水晚烧饭，上午跑街夜磨面，晴洗衣裳雨张伞，冬烧汽炉夏打扇。半夜要煨银耳，侍候主人要钱；头钱[2]从来没分，有时还挨皮鞭……。"

"唉唉……。"聪明人叹息着，眼圈有些发红，似乎要下泪。

"先生！我这样是敷衍不下去的。我总得另外想法子。可是什么法子呢？……"

"我想，你总会好起来……。"

"是么？但愿如此。可是我对先生诉了冤苦，又得你的同情和慰安，已经舒坦得不少了。可见天理没有灭绝……。"

但是，不几日，他又不平起来了，仍然寻人去诉苦。

"先生！"他流着眼泪说，"你知道的。我住的简直比猪窠还不如。主人并不将我当人；他对他的叭儿狗还要好到几万倍……。"

"混帐！"那人大叫起来，使他吃惊了。那人是一个傻子。

"先生，我住的只是一间破小屋，又湿，又阴，满是臭虫，睡下去就咬得真可以。秽气冲着鼻子，四面又没有一个窗……。"

"你不会要你的主人开一个窗的么？"

"这怎么行？……"

"那么，你带我去看去！"

傻子跟奴才到他屋外，动手就砸那泥墙。

"先生！你干什么？"他大惊地说。

"我给你打开一个窗洞来。"

奴才总不过是寻人诉苦。只要这样，也只能这样。

"这实在令人同情。"聪明人也惨然说。

"先生！"他流着眼泪说，……

“这不行！主人要骂的！”

“管他呢！”他仍然砸。

“人来呀！强盗在毁咱们的屋子了！快来呀！迟一点可要打出窟窿来了！……”他哭嚷着，在地上团团地打滚。

一群奴才都出来了，将傻子赶走。

听到了喊声，慢慢地最后出来的是主人。

“有强盗要来毁咱们的屋子，我首先叫喊起来，大家一同把他赶走了。”他恭敬而得胜地说。

“你不错。”主人这样夸奖他。

这一天就来了许多慰问的人，聪明人也在内。

“先生。这回因为我有功，主人夸奖了我了。你先前说我总会好起来，实在是有先见之明……。”他大有希望似的高兴地说。

“可不是么……。”聪明人也代为高兴似的回答他。

一九二五年十二月二十六日。

*　　　*　　　*

〔1〕 本篇最初发表于1926年1月4日《语丝》周刊第六十期。

〔2〕 头钱　旧时提供赌博场所的人向参与赌博者抽取一定数额的钱，叫做头钱，也称“抽头”。侍候赌博的人，有时也可从中分得若干。

"我给你打开一个窗洞来。"

"人来呀！强盗在毁咱们的屋子了！快来呀！……

一群奴才都出来了，将傻子赶走。

　　"有强盗要来毁咱们的屋子，我首先叫喊起来，大家一同把他赶走了。"他恭敬而得胜地说。

"先生。这回因为我有功，主人夸奖了我了。……"

腊　　叶〔1〕

灯下看《雁门集》〔2〕，忽然翻出一片压干的枫叶来。

这使我记起去年的深秋。繁霜夜降，木叶多半凋零，庭前的一株小小的枫树也变成红色了。我曾绕树徘徊，细看叶片的颜色，当他青葱的时候是从没有这么注意的。他也并非全树通红，最多的是浅绛，有几片则在绯红地上，还带着几团浓绿。一片独有一点蛀孔，镶着乌黑的花边，在红，黄和绿的斑驳中，明眸似的向人凝视。我自念：这是病叶呵！便将他摘了下来，夹在刚才买到的《雁门集》里。大概是愿使这将坠的被蚀而斑斓的颜色，暂得保存，不即与群叶一同飘散罢。

但今夜他却黄蜡似的躺在我的眼前，那眸子也不复似去年一般灼灼。假使再过几年，旧时的颜色在我记忆中消去，怕连我也不知道他何以夹在书里面的原因了。将坠的病叶的斑斓，似乎也只能在极短时中相对，更何况是葱郁的呢。看看窗外，很能耐寒的树木也早经秃尽了；枫树更何消说得。当深秋时，想来也许有和这去年的模样相似的病叶的罢，但可惜我今年竟没有赏玩秋树的余闲。

一九二五年十二月二十六日。

* * *

〔1〕 本篇最初发表于1926年1月4日《语丝》周刊第六十期。

作者在《〈野草〉英文译本序》中说："《腊叶》，是为爱我者的想要保存我而作的。"又，许广平在《因校对〈三十年集〉而引起的话旧》中说，"在《野草》中的那篇《腊叶》，那假设被摘下来夹在《雁门集》里的斑驳的枫叶，就是自况的"。

〔2〕《雁门集》 诗词集，元代萨都剌（1272—1340）著。萨氏为回族人，世居山西雁门，故以名书。

淡淡的血痕中[1]

—— 记念几个死者和生者和未生者

目前的造物主，还是一个怯弱者。

他暗暗地使天变地异，却不敢毁灭一个这地球；暗暗地使生物衰亡，却不敢长存一切尸体；暗暗地使人类流血，却不敢使血色永远鲜秾；暗暗地使人类受苦，却不敢使人类永远记得。

他专为他的同类 —— 人类中的怯弱者 —— 设想，用废墟荒坟来衬托华屋，用时光来冲淡苦痛和血痕；日日斟出一杯微甘的苦酒，不太少，不太多，以能微醉为度，递给人间，使饮者可以哭，可以歌，也如醒，也如醉，若有知，若无知，也欲死，也欲生。他必须使一切也欲生；他还没有灭尽人类的勇气。

几片废墟和几个荒坟散在地上，映以淡淡的血痕，人们都在其间咀嚼着人我的渺茫的悲苦。但是不肯吐弃，以为究竟胜于空虚，各各自称为"天之僇民"〔2〕，以作咀嚼着人我的渺茫的悲苦的辩解，而且悚息着静待新的悲苦的到来。新的，这就使他们恐惧，而又渴欲相遇。

这都是造物主的良民。他就需要这样。

叛逆的猛士出于人间；他屹立着，洞见一切已改和现有的废墟和荒坟，记得一切深广和久远的苦痛，正视一切重叠淤积的凝血，深知一切已死，方生，将生和未生。他看透了造化的把戏；他将要起来使人类苏生，或者使人类灭尽，这些造物主的良民们。

造物主，怯弱者，羞惭了，于是伏藏。天地在猛士的眼中于是变色。

一九二六年四月八日。

*　　*　　*

〔1〕 本篇最初发表于1926年4月19日《语丝》周刊第七十五期。

作者在《〈野草〉英文译本序》中说："段祺瑞政府枪击徒手民众后，作《淡淡的血痕中》"。

〔2〕 "天之僇民" 语出《庄子·大宗师》。僇，原作戮。僇民，受刑戮的人。原语是孔子的自称，意为受人间世俗束缚的人。

　　造物主，怯弱者，羞惭了，于是伏藏。天地在猛士的眼中于是变色。

一　觉[1]

飞机负了掷下炸弹的使命，像学校的上课似的，每日上午在北京城上飞行。[2]每听得机件搏击空气的声音，我常觉到一种轻微的紧张，宛然目睹了"死"的袭来，但同时也深切地感着"生"的存在。

隐约听到一二爆发声以后，飞机嗡嗡地叫着，冉冉地飞去了。也许有人死伤了罢，然而天下却似乎更显得太平。窗外的白杨的嫩叶，在日光下发乌金光；榆叶梅也比昨日开得更烂漫。收拾了散乱满床的日报，拂去昨夜聚在书桌上的苍白的微尘，我的四方的小书斋，今日也依然是所谓"窗明几净"。

因为或一种原因，我开手编校那历来积压在我这里的青年作者的文稿了；我要全都给一个清理。我照作品的年月看下去，这些不肯涂脂抹粉的青年们的魂灵便依次屹立在我眼前。他们是绰约的，是纯真的，——阿，然而他们苦恼了，呻吟了，愤怒，而且终于粗暴了，我的可爱的青年们！

魂灵被风沙打击得粗暴，因为这是人的魂灵，我爱这样的魂灵；我愿意在无形无色的鲜血淋漓的粗暴上接吻。漂渺的名园中，奇花盛开着，红颜的静女正在超然无事地逍遥，鹤唳一声，白云郁然而起……。这自然使人神往的罢，然而我总记得我活在人间。

我忽然记起一件事：两三年前，我在北京大学的教员预备室里，看见进来了一个并不熟识的青年[3]，默默地给我一包书，便出去了，打开看时，是一本《浅草》[4]。就在这默默中，使我懂得了许多话。阿，这赠品是多么丰饶呵！可惜那《浅草》不再出版了，似乎只成了《沉钟》[5]的前身。那《沉钟》就在这风沙洄中，深深地在人海的底里寂寞地鸣动。

野蓟经了几乎致命的摧折，还要开一朵小花，我记得托尔斯泰[6]曾受了很大的感动，因此写出一篇小说来。但是，草木在旱干的沙漠中间，拚命伸长他的根，吸取深地中的水泉，来造成碧绿的林莽，自然是为了自己的"生"的，然而使疲劳枯渴的旅人，一见就怡然觉得遇到了暂时息肩之所，这是如何的可以感激，而且可以悲哀的事！？

《沉钟》的《无题》[7] —— 代启事 —— 说:"有人说:我们的社会是一片沙漠。—— 如果当真是一片沙漠,这虽然荒漠一点也还静肃;虽然寂寞一点也还会使你感觉苍茫。何至于像这样的混沌,这样的阴沉,而且这样的离奇变幻!"

是的,青年的魂灵屹立在我眼前,他们已经粗暴了,或者将要粗暴了,然而我爱这些流血和隐痛的魂灵,因为他使我觉得是在人间,是在人间活着。

在编校中夕阳居然西下,灯火给我接续的光。各样的青春在眼前一一驰去了,身外但有昏黄环绕。我疲劳着,捏着纸烟,在无名的思想中静静地合了眼睛,看见很长的梦。忽而惊觉,身外也还是环绕着昏黄;烟篆[8]在不动的空气中上升,如几片小小夏云,徐徐幻出难以指名的形象。

一九二六年四月十日。

*　　*　　*

〔1〕 本篇最初发表于1926年4月19日《语丝》周刊第七十五期。

作者在《〈野草〉英文译本序》中说:"奉天派和直隶派军阀战争的时候,作《一觉》"。

〔2〕 1926年4月,冯玉祥的国民军和奉系军阀张作霖、李景林所部

作战期间，国民军驻守北京，奉军飞机曾多次飞临轰炸。

〔3〕 当指冯至（1905—1993），河北涿县人，诗人。时为北京大学国文系学生。鲁迅1925年4月3日日记载："午后往北大讲。浅草社员赠《浅草》一卷之四期一本。"

〔4〕《浅草》 文艺季刊，浅草社编。1923年3月创刊，在上海印刷出版。共出四期，1925年2月停刊。主要作者有林如稷、冯至、陈炜谟、陈翔鹤等。

〔5〕《沉钟》 文艺刊物，沉钟社编。1925年10月10日在北京创刊。初为周刊，出十期。1926年8月改为半月刊，次年1月出至第十二期休刊；1932年10月复刊，1934年2月出至第三十四期停刊。主要作者除浅草社同人外尚有杨晦等。

〔6〕 托尔斯泰（Л.Н.Толстой，1828—1910） 俄国作家。著有长篇小说《战争与和平》、《安娜·卡列尼娜》、《复活》等。这里说的"一篇小说"，指中篇小说《哈泽·穆拉特》。野蓟，即牛蒡花，菊科，草本植物。在《哈泽·穆拉特》序曲开始处，作者描写有着顽强生命力的牛蒡花，以象征小说主人公哈泽·穆拉特。

〔7〕《无题》 载于《沉钟》周刊第十期（1925年12月）。

〔8〕 烟篆 燃着的纸烟的烟缕，弯曲上升，好似笔划圆曲的篆字（我国古代的一种字体）。

我疲劳着，捏着纸烟，在无名的思想中静静地合了眼睛，看见很长的梦。